먼지 행성

김소희 글·그림

아름드리미디어

태양과 멀어 그만큼 춥고 어두운, 식물이 거의 자라지 않는 행성.
이곳의 정식 명칭은 '먼지 행성'이다.

하지만 사람들은 이곳을 '쓰레기 별'이라 부른다.

오늘은 여기까지만 하자.

그래.

리나, 캡슐 새로 까지 마. 이만 정리하자.

이것까지만요.

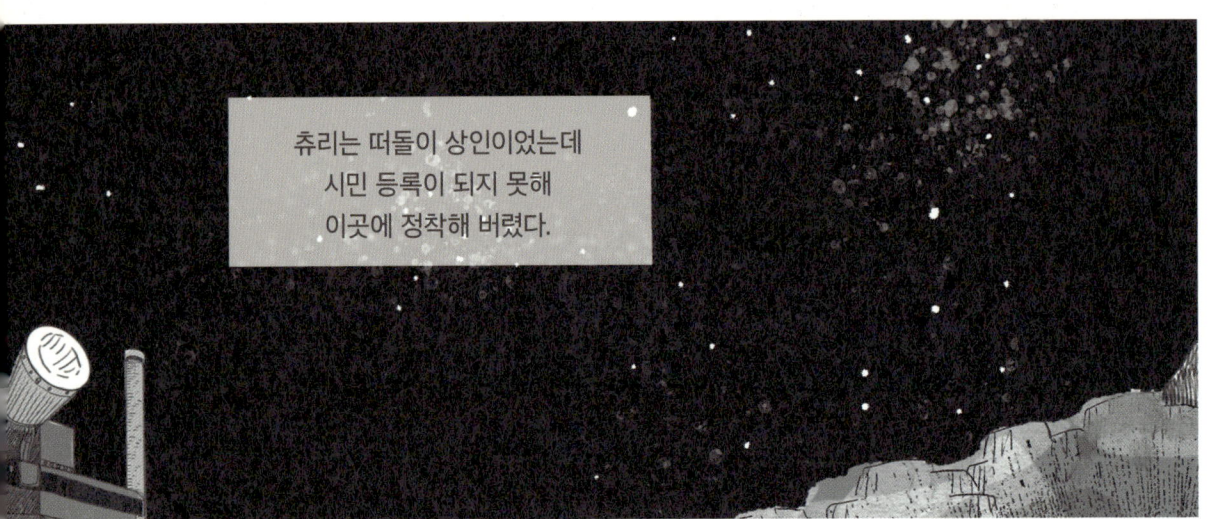

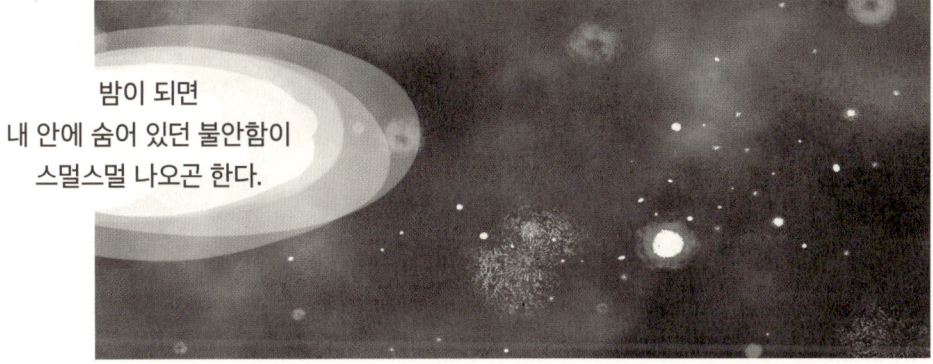

내가 기억하는 건…

불규칙한 리듬의 엔진 소리,
덜거덕거리는 쓰레기 캡슐들.

그리고
영원히 계속될 것만 같던…

어둠.

칠흑 같던 검정.

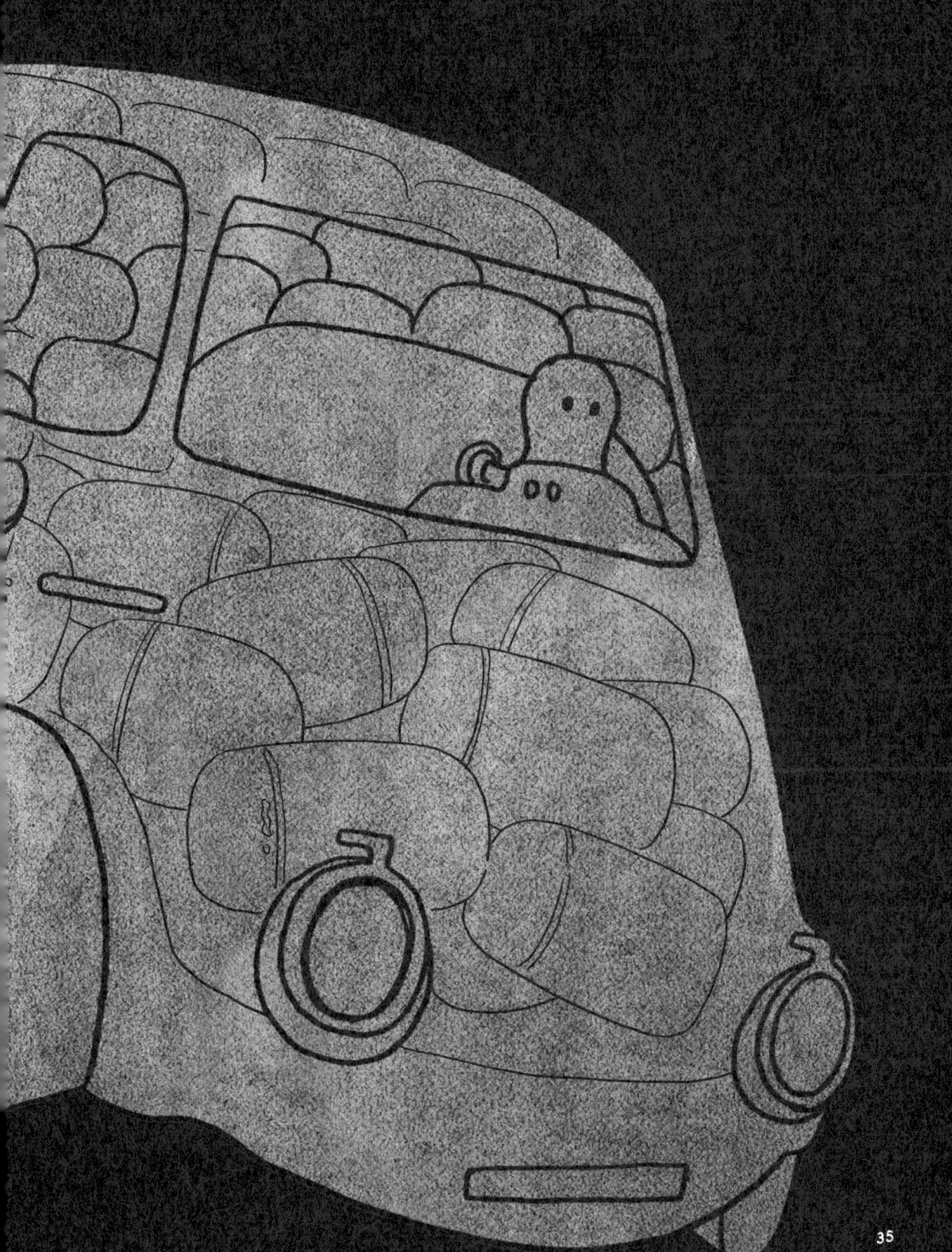

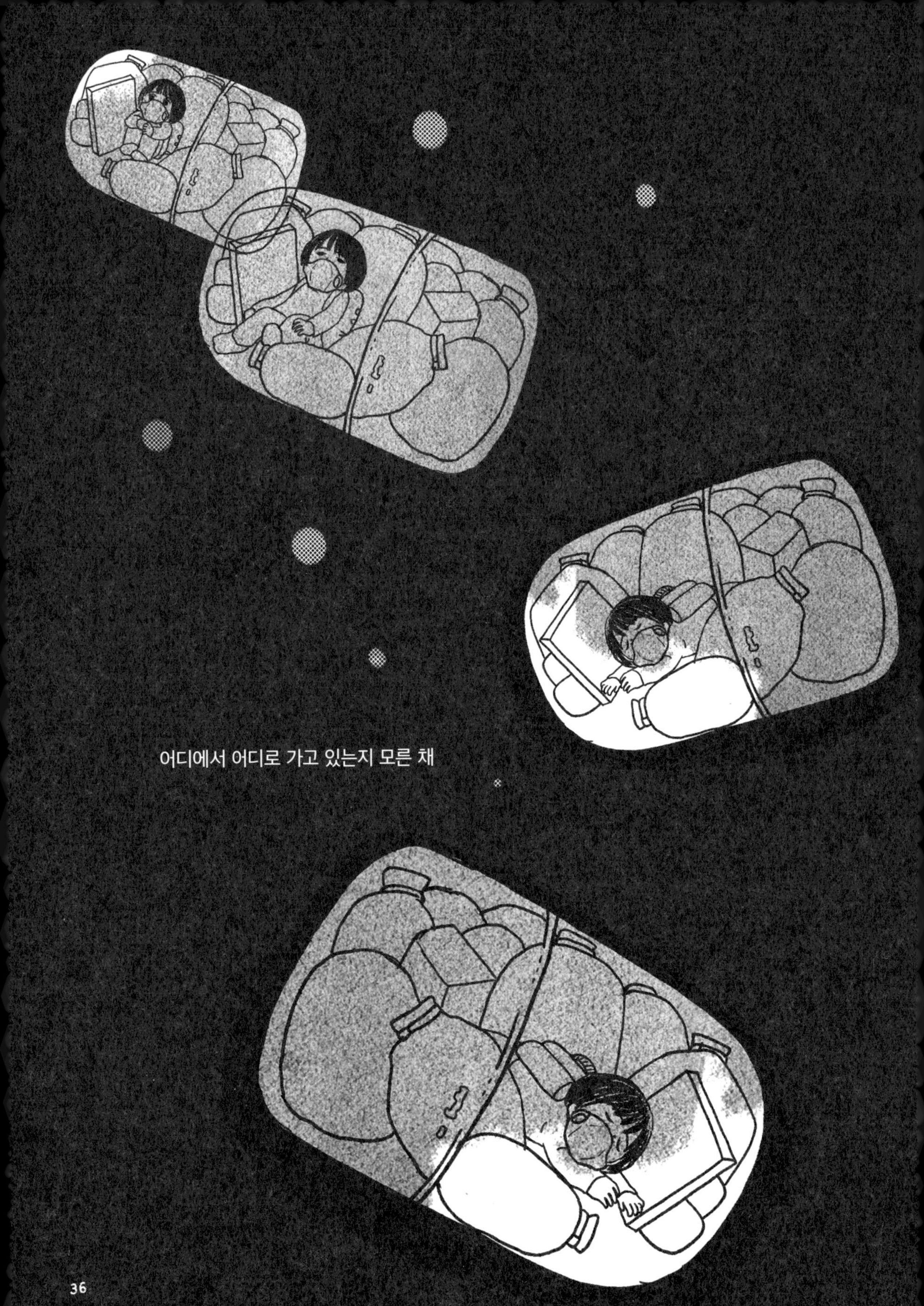

어디에서 어디로 가고 있는지 모른 채

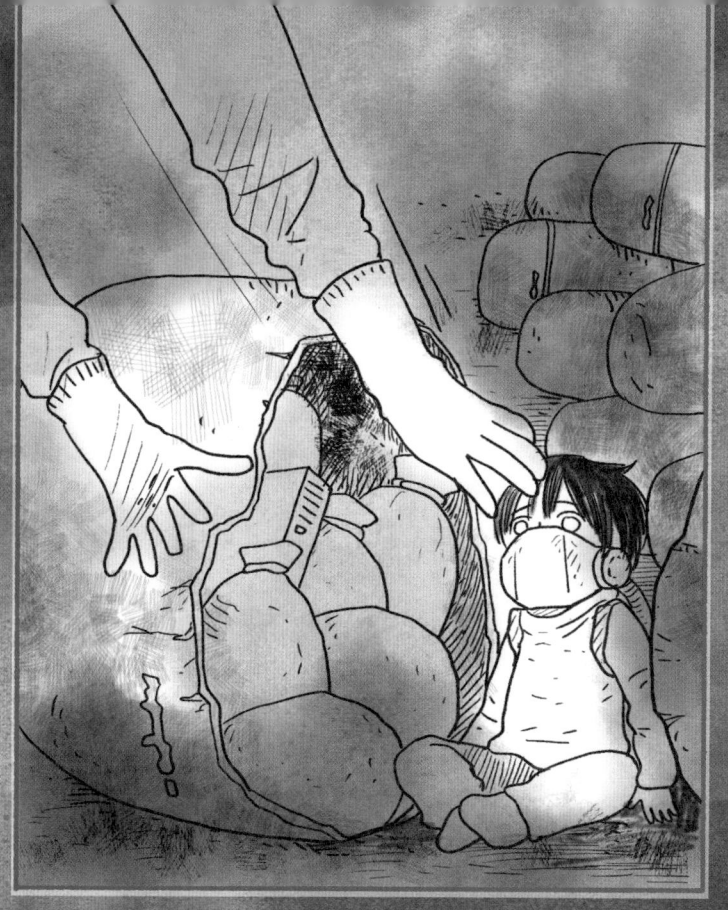

두 사람 덕분에
나는 버려지지 않고

새 가족을 만나게 되었다.

그래서
그때의 불안한 기억은

살아 있다는 실감으로
끝나곤 한다.

안 간지 오래라 기억도 가물가물하군.

떠나온 지 이십 년은 되었나….

딸은 돌아오지 못했다.

나도 그들에게 뭔가 해 줄 수 있을까?

진 씨.

이번에 중앙 행성에 들어가면 말이야.

중고 우주선 하나만 구해 주게.

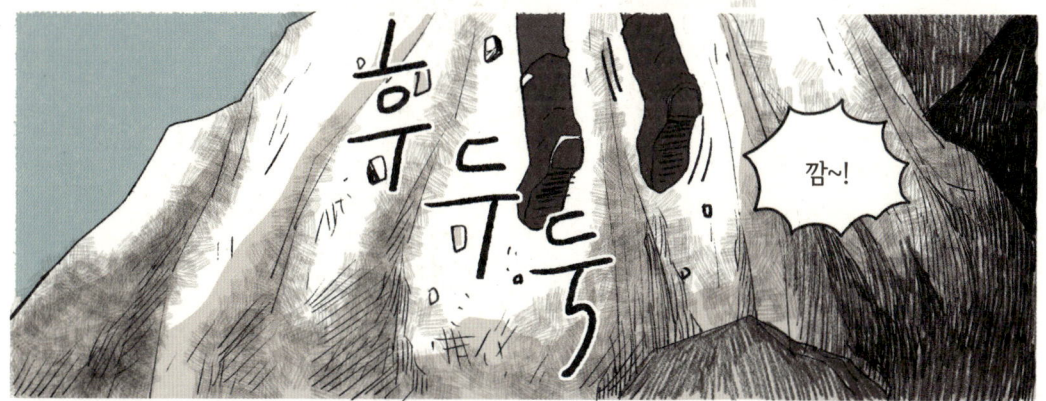

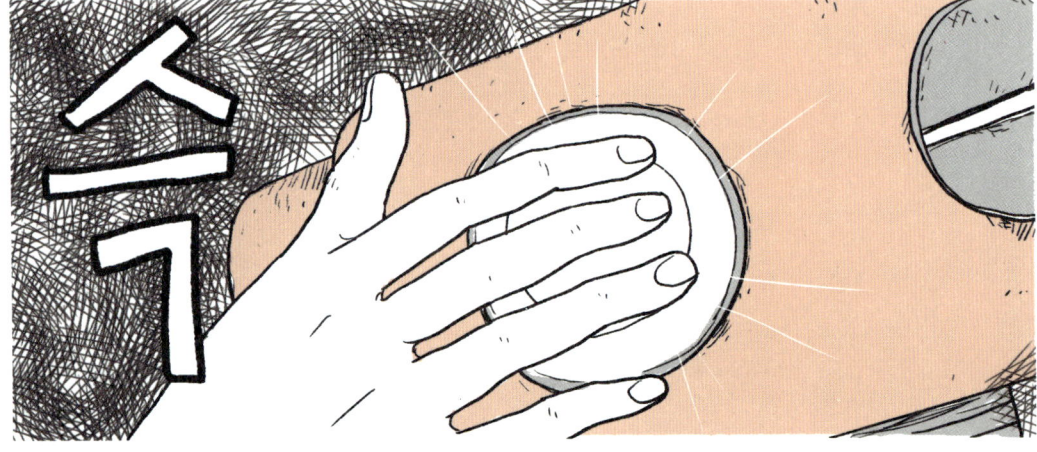

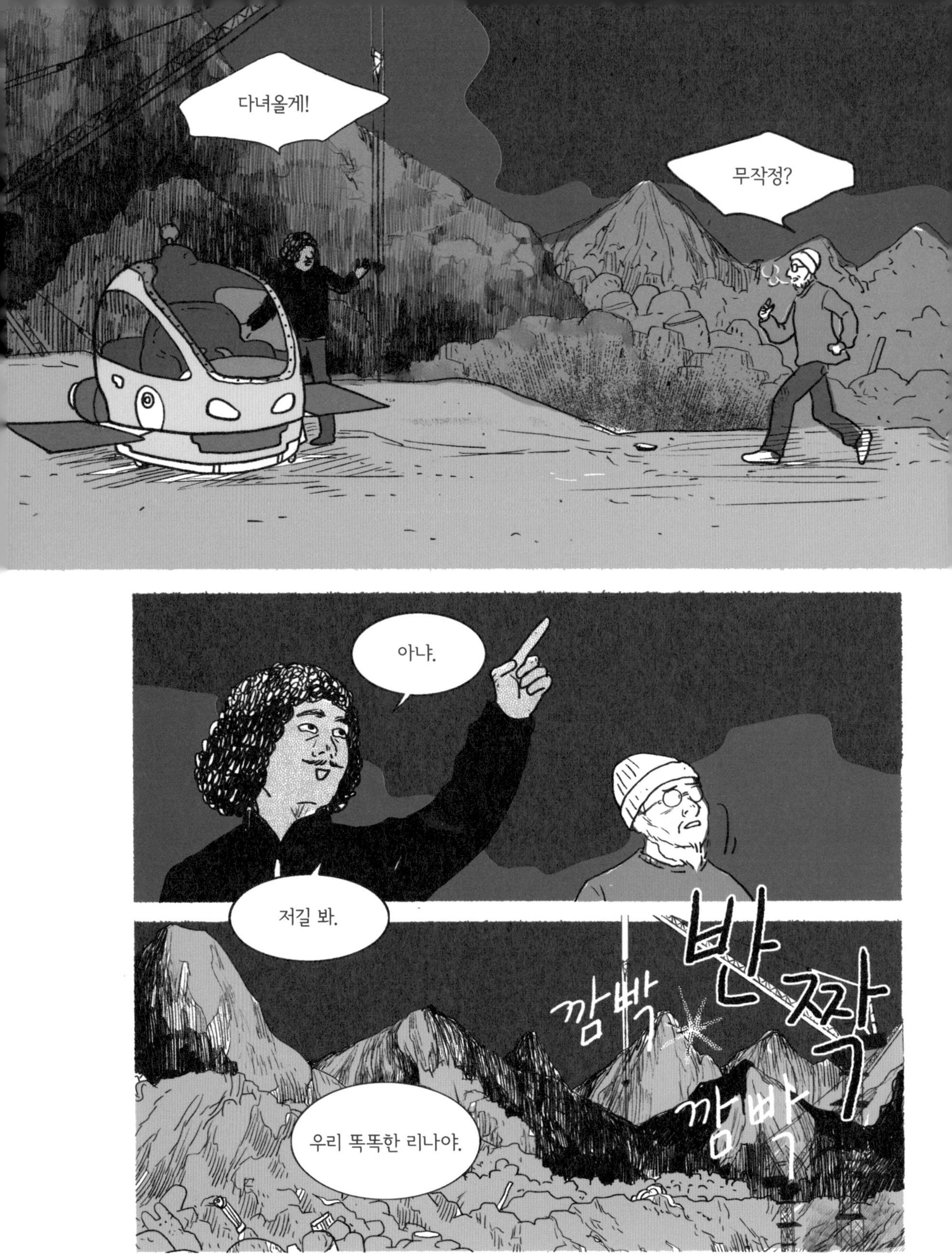
다녀올게!
무작정?
아냐.
저길 봐.
깜빡
반짝
깜빡
우리 똑똑한 리나야.

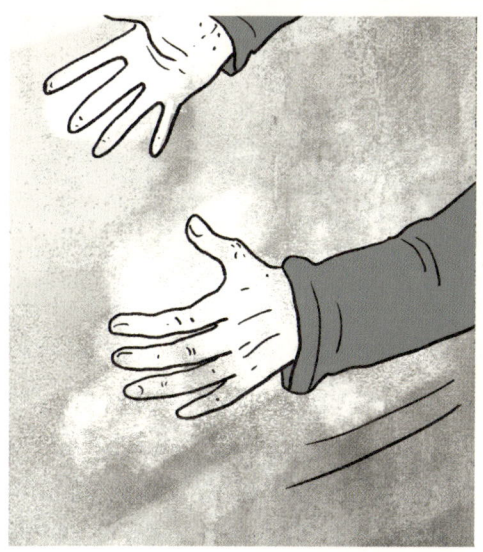

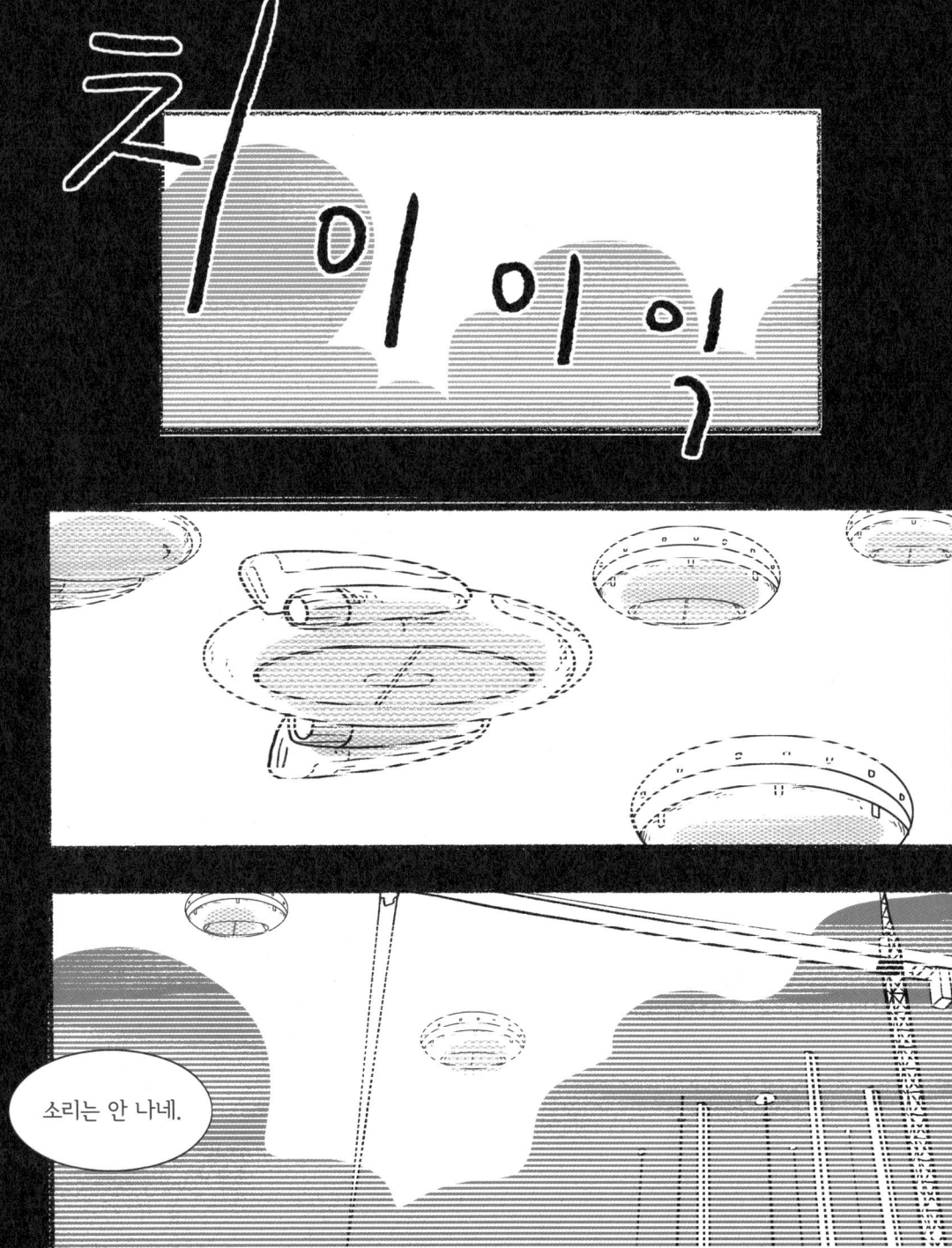

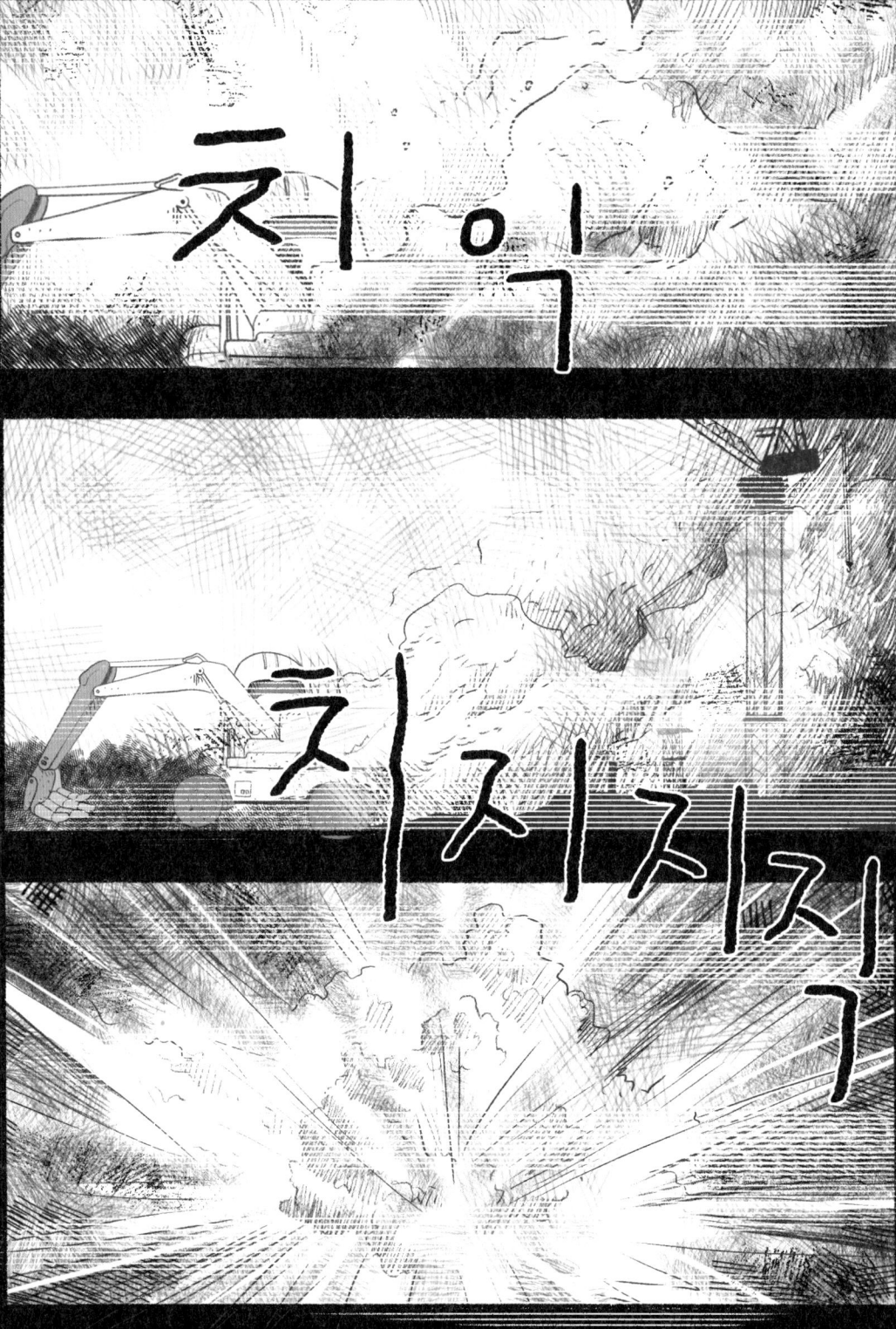

지지직

치익

뭘 꺼내 주는 거지?

자기 배터리예요.

죽어가는 로봇이 자기 배터리를 건네고 있네요.

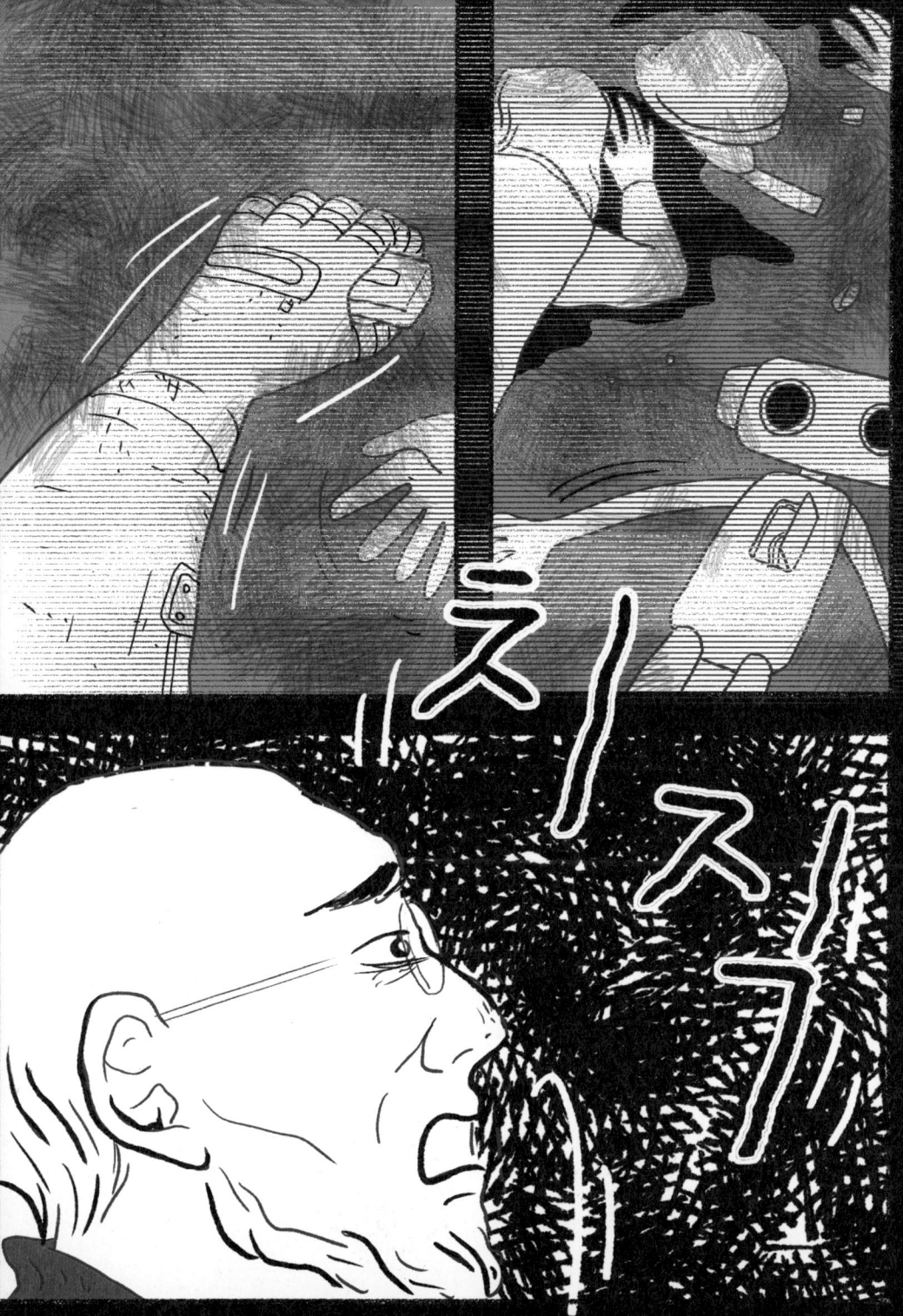

아주 오랫동안 기록봇의 화면은 이들을 비추고 있었다.

기록봇은 쓰러진 로봇들의 배터리를 모아서 지금까지 버텨 오다가 영상이 끝나자 끝내 방전되었다.

나오는 계속 반복해서 화면을 보았다.

결국 전원이 끊겼다.
그러지 않았다면
나오는 화면을 보다
쓰러졌을지도 모른다.

그르릉

그르릉

그르릉

깜이 마음을 헛되게
하면 안 돼.

눈을 맞고 감기에 걸렸다.

뭐가... 옛날 꿈을 꾼 것 같은데.

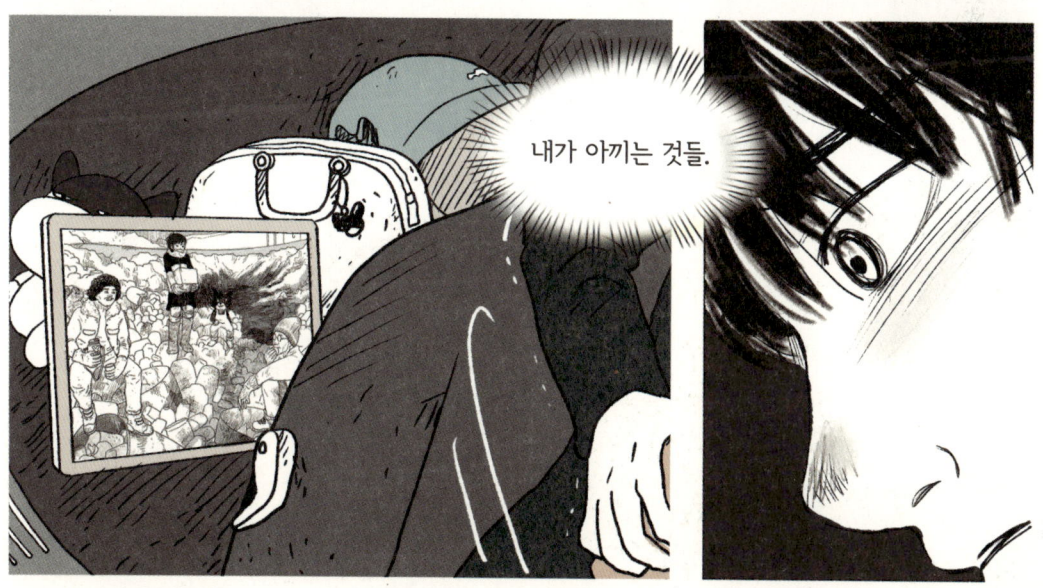

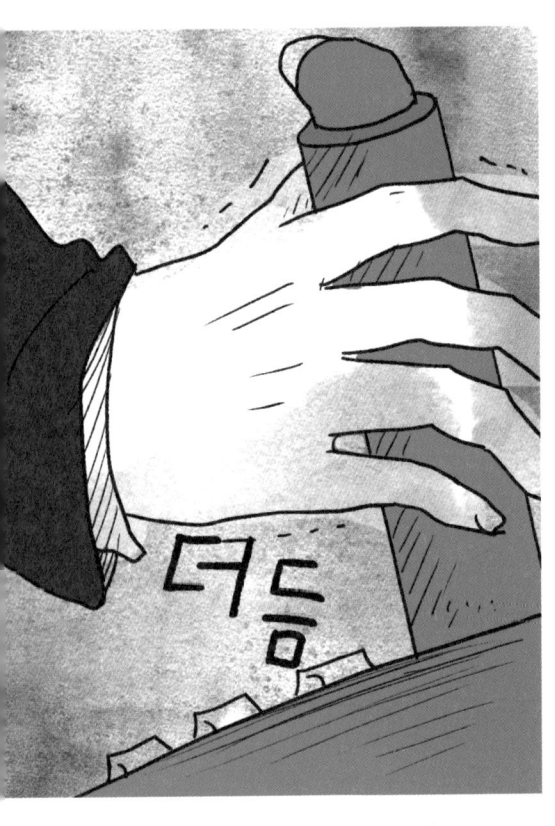

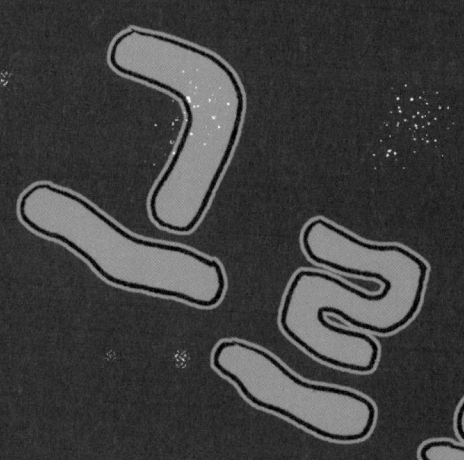

나를 태운 이 우주선이
깜이의 몸으로 날고 있다.

나는 입력된 목적지를 따라
깜이의 목소리를 들으며
진동하듯 어둠 속을 나아갔다.

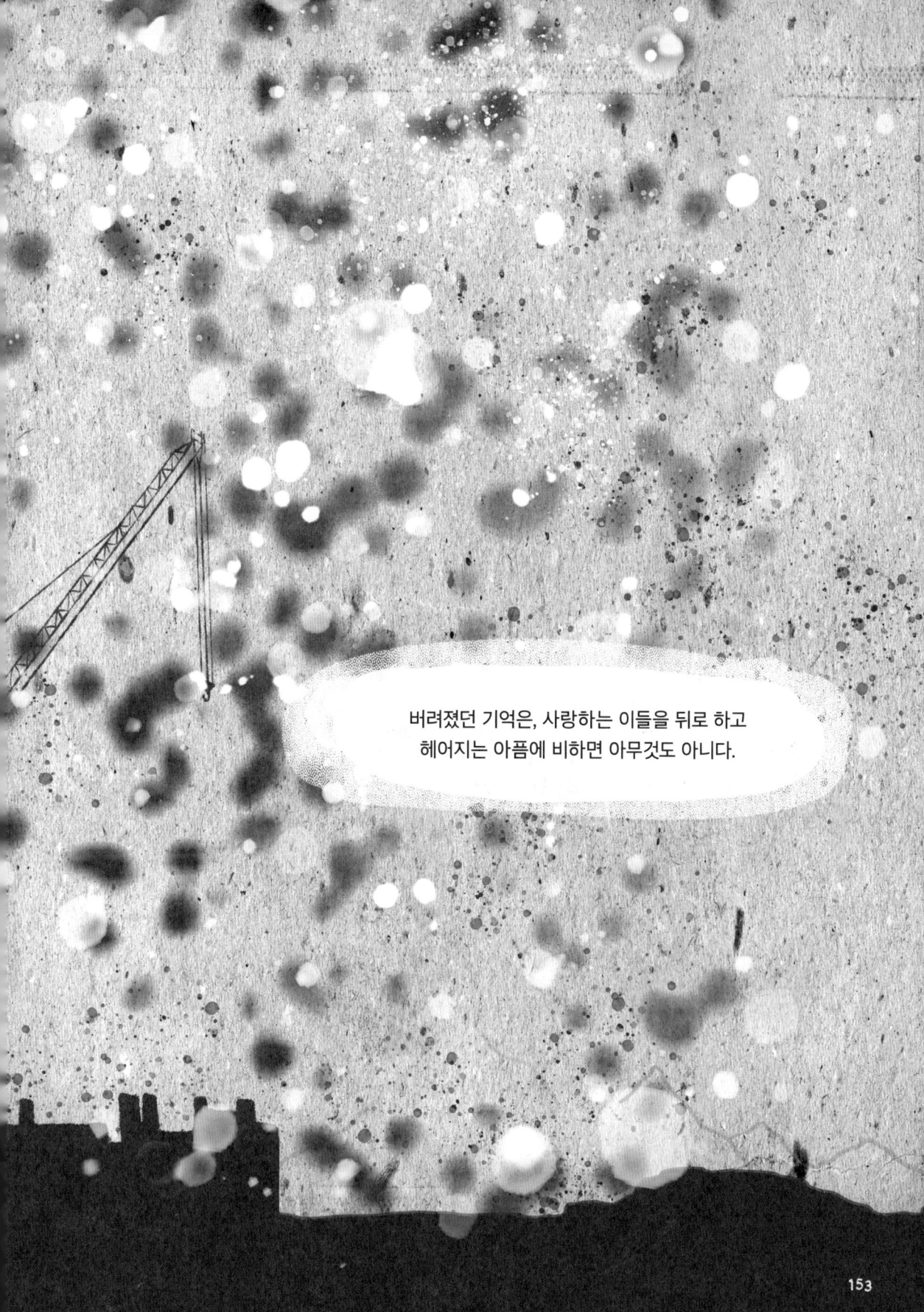

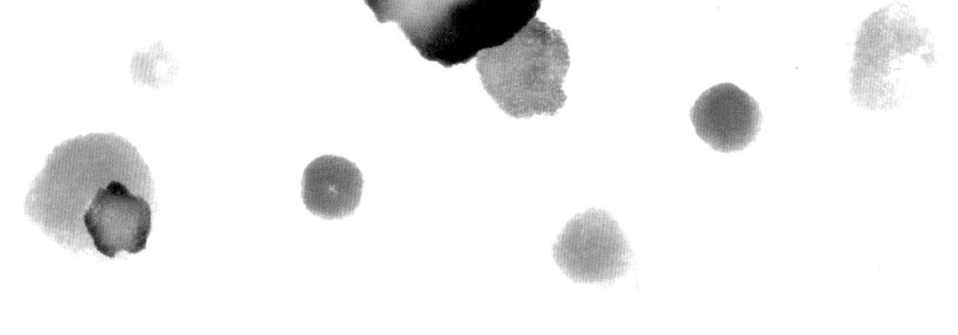

다른 이들의 더러움을 모두 끌어 안은 먼지 행성.

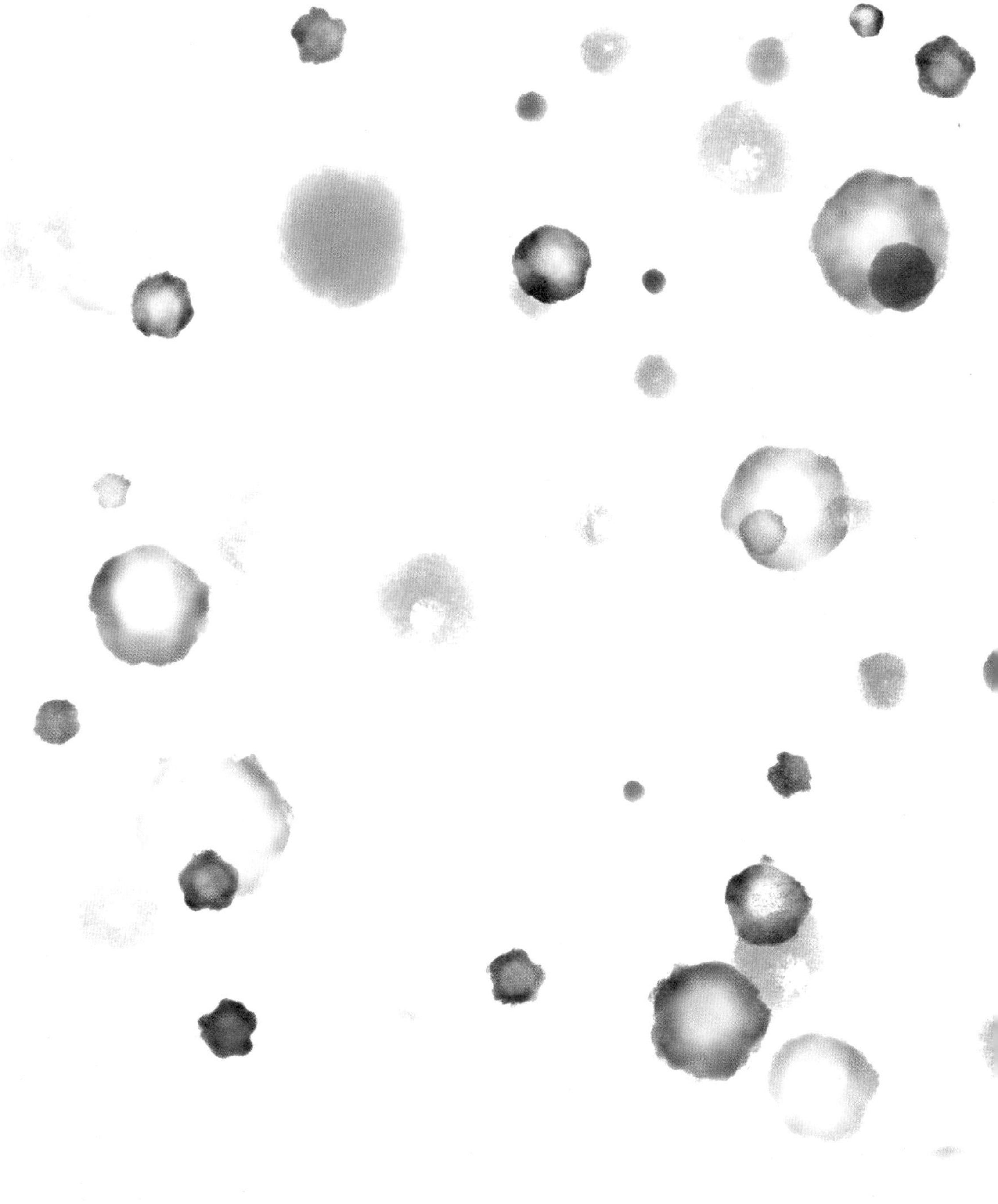

김소희
나무가 많은 마을에서 그림으로 이야기를 만들고 있습니다. 10대 시절의 자전적 이야기 《반달》과 20대 시절의 이야기 《자리》, 숨 쉬기 힘든 현실을 살아가는 사람들이 서로 위안을 주고받는 가상의 세계에 대한 이야기 《민트맛 사탕》을 만화책으로 내었습니다. 《먼지 행성》에서는 물건도 사람도 쉽게 버려지는 시대에, 한 가족의 연대와 사랑을 말하고 싶었습니다.